Katja Reider

Lesetiger

Vampirgeschichten

Illustriert von Leopé

Loewe

*Der Umwelt zuliebe ist dieses Buch
auf chlorfrei gebleichtem Papier gedruckt.*

ISBN 978-3-7855-4112-8
1. Auflage 2007

Umschlagillustration: Leopé
Reihenlogo: Angelika Stubner
Printed in Italy (011)

www.loewe-verlag.de

Inhalt

Ein Zahnarzt für Vito Vampir . . 8

Der letzte Gast 19

Gruseldis wartet schon 27

Vampir auf Abwegen 36

Ein Zahnarzt für Vito Vampir

„Komm endlich frühstücken, Vito!“,
ruft Mama Vampir.
„Es ist schon nach Mitternacht!“

Gähnend wälzt sich Vito Vampir
aus seinem gemütlichen Schlaf-Sarg.

„Hast du Hunger, Vito?“, fragt Mama.
„Schau, es gibt pürierte Blutegel!“

Aber Vito Vampir hat keinen Hunger.
Er hat Zahnschmerzen.
Und wie!!!

„Welcher Zahn tut dir denn weh?“,
fragt Papa Vampir besorgt.

Vito zeigt auf seinen linken Eckzahn.
„Oje!“, seufzt Papa.
„Damit müssen wir sofort
zu Frau Doktor Dolch-Drakula!“

„Die ist doch beim Blutzahn-Kongress in Ungarn“, erinnert ihn Mama.

„Tja, dann holen wir eben einen Menschen-Zahnarzt aus dem Bett“, entscheidet Papa.

Mama Vampir nimmt
den jammernden Vito
unter ihren schwarzen Umhang.

Dann fliegen die drei Vampire –
hui – durch die Nacht.

„Ah, hier wohnt ein Zahnarzt!“,
ruft Papa und klingelt Sturm.

Endlich wird die Tür aufgerissen.
„Was soll das Gebimmel?“,
brüllt der Arzt wütend.
„Sprechzeit ist erst morgen Früh.“

„Wir haben einen Notfall!“,
zischt Mama Vampir.
Ihre Zähne blitzen im Mondlicht.

Der Zahnarzt erbleicht.
„B-bitte, k-kommen Sie doch rein“,
stottert er.

Vito Vampir setzt sich
auf den Behandlungsstuhl
und öffnet brav den Mund.

„Sch-schönes G-gebiss“,
stammelt der Doktor.
„A-aber ich m-muss plombieren.“

„K-keine Sorge,
d-das tut nicht weh!“,
sagt der Zahnarzt.

„Das hoffe ich für Sie!“,
lächelt Mama Vampir gefährlich.

Der Zahnarzt gibt sein Bestes.
Die Behandlung tut wirklich nicht weh.
Und Vitos Schmerzen sind weg.

„Blutrünstigsten Dank, Herr Doktor!“,
flötet Mama Vampir.

„Leider haben wir kein Geld für Sie“,
erklärt Papa Vampir.
„Aber dafür ein Glas pürierte Blutegel“,
säuselt Mama.

Der Zahnarzt dankt und schließt eilig
die Tür hinter seinen Besuchern.

Melina hat Geburtstag.
Sie feiert eine Kostümparty!
Alle Gäste haben sich verkleidet.

Draußen wird es schon dunkel,
als es noch einmal klingelt.

Vor der Tür steht ein Junge.
Sein Gesicht ist kalkweiß geschminkt.
Und seine riesigen Eckzähne leuchten.

Melina kichert.
„Hey, du gehst als Vampir, oder?
Aber wer bist du in Wirklichkeit?“

„Eduart von Grausenstein“,
stellt sich der Junge höflich vor.

Melina wundert sich.
Wieso nennt der Junge denn nicht
seinen richtigen Namen? – Egal!
Sicher ist er aus der Nachbarschaft.

Auch Melinas Gäste erkennen
den Jungen im Vampir-Kostüm nicht.
Macht nichts!

Eduart spielt mit beim Stopptanz.
Und das Sackhüpfen gewinnt er sogar.

Da ruft Melinas Mama:
„Zeit fürs Abendessen, Kinder!“

„Au ja“, sagt Eduart.
„Bei wem soll ich anfangen?
Melinas Hals sieht am leckersten aus!“

„Wie bitte??“
Erschrocken weicht Melina zurück.

Da kommt zum Glück Mama
mit dem Essen.
„Mögt ihr alle Hähnchen
mit Knoblauch?“, fragt sie.

Knoblauch!!
Eduart springt hoch.

Er reißt das Fenster auf,
breitet seinen Umhang aus
und fliegt hinaus ins Dunkel.

„Der war gar nicht verkleidet“,
flüstert Melina.
„Das war ein echter Vampir!“

Mama nickt langsam.
„Der Knoblauch hat ihn vertrieben!
Ein wirklich gesundes Gemüse …!“

Gruseldis wartet schon

Waldemar Vampir starrt düster
vor sich hin.
Er hat Stubenarrest.

Ausgerechnet heute,
wo auf Burg Schreckenschrei
das große Vampir-Fest steigt!

Einfach alle werden da sein!
Auch die süße Gruseldis
mit ihren entzückenden Beißerchen.

„Ach, Gruseldis …!“,
seufzt Waldemar.
„Könnte ich jetzt nur mit dir tanzen!“

Wenn er bloß aus diesem
Turmzimmer herauskäme!
Es ist so grässlich gemütlich hier.
Sogar Bücher gibt es – igitt!

Waldemar zieht eins heraus:
„Zauberei für Vampire“.

Waldemar blättert.
Nanu, was steht denn da?
„Vom Vampir zur Fledermaus:
So klappt's mit der Verwandlung!"

Aufgeregt liest Waldemar weiter.
Das geht ja babyleicht!

Zwei Käuzchen-Schreie später
flattert Waldemar
zum Fenster hinaus.

Jetzt aber schnell
zur Burg Schreckenschrei!
Sicher wartet Gruseldis schon.

Aber Gruseldis tanzt bereits
mit Graf Grimm.
Oh, dieser grässliche alte Blutsauger!

Waldemar schnauft wütend.
Er muss etwas unternehmen.
Sofort!

Waldemar flattert auf Graf Grimm zu
und zischt ihm flugs
den Zauberspruch ins Ohr.

Ob die doppelte Verwandlung klappt?
Waldemar wartet gespannt.

Tatsächlich!
Waldemar wird wieder ein Vampir.

Und Gruseldis tanzt plötzlich
mit einer Fledermaus!

Die arme Gruseldis schreit so laut,
dass die Fledermaus
erschrocken davonflattert.

Waldemar schließt das Fenster.
Bücher haben wohl doch ihr Gutes!
Besonders Bücher über Zauberei …

Vampir auf Abwegen

Tim setzt sich in seinem Bett auf.
Irgendetwas hat ihn geweckt.
Aber was?

Oh, da am Fenster hockt ja ein Junge!
Er lächelt Tim freundlich zu.
Aber warum hat er spitze Zähne?
Und dieser seltsame Umhang …!

Tim schluckt.
„Bist du etwa … ein Vampir?“

Der Junge auf der Fensterbank nickt.
„Keine Bange! Ich tu dir nichts.
Ich wollte nur mal gucken,
wie ihr so lebt.“

„Dein Vampir-Leben ist bestimmt
viel aufregender als meins!“,
sagt Tim.

Der Junge zuckt die Schultern.
„Weißt du,
ich mag’s lieber gemütlich.“

Er seufzt.
„Stattdessen muss ich jede Nacht
durch die Gegend fliegen
und auf Friedhöfen herumgeistern.“

„Ach, klingt das aufregend!“,
sagt Tim sehnsüchtig.

Der Vampir-Junge überlegt.
„Ich kann dich ja mal mitnehmen."

Au ja! Schon springt Tim aus dem Bett.
Und der Vampir-Junge
fliegt mit ihm durch die Nacht.
Am Kirchturm vorbei,
über den Burgberg, bis zum Friedhof.

„Oh, ist das herrlich gruselig hier!“,
jubelt Tim.
„Und was machen wir jetzt?“

„Jetzt bringe ich dich nach Hause“,
sagt der Vampir.
„Vor Morgengrauen muss ich zurück,
sonst gibt’s Ärger.“

„Willst du nicht noch frühstücken?“, fragt Tim.
„Es gibt Blutwurst und Blutorangen!“

„Ein Honigbrot wäre mir lieber“, gesteht der Vampir-Junge.

„Du bist echt ein komischer Vampir“,
sagt Tim beim Abschied.
„Sehen wir uns mal wieder?“

„Klar, wenn du dein Fenster auflässt!“
Der Vampir-Junge winkt fröhlich,
dann ist er blitzschnell verschwunden …

Katja Reider, geboren 1960 in Goslar, arbeitete als Pressesprecherin des Wettbewerbs *Jugend forscht* – bis sie 1994 zu schreiben begann.
In rascher Folge entstanden zahlreiche Kinder- und Jugendbücher, die in viele Sprachen übersetzt wurden. Katja Reider lebt mit ihrem Mann und ihren beiden Kindern in Hamburg.

Mehr über die Autorin erfahrt ihr unter:
www.KatjaReider.de

Leopé erblickte 1960 in Heilbronn das Licht der Welt. Sobald er Stifte halten konnte, bemalte er alles, was ihm zwischen die Finger kam.
Deshalb studierte er in Stuttgart Grafik-Design. Anschließend machte er eine Ausbildung zum Erzieher.
1995 veröffentlichte Leopé sein erstes Bilderbuch und hat seitdem mehrere Kinderbücher geschrieben und illustriert. Er lebt heute in Berlin.

LESETIGER

Die 2. Stufe der Loewe Leseleiter

Zum ersten Selberlesen für Leseanfänger ab 6 Jahren sind die vier Lesetiger-Geschichten zu einem beliebten Thema besonders gut geeignet. Ganz kurze Textabschnitte in großer, gut lesbarer Fibelschrift sorgen für einen sicheren Leseerfolg; vier Bilder pro Doppelseite erleichtern zusätzlich das Textverständnis.